Le Sorelle Perverse

Le Sorelle Perverse

Aldivan Torres

CONTENTS

1. Tour nella città di Pesqueira — 1

1

Tour nella città di Pesqueira

"Le Sorelle Perverse"
Aldivan Torres
Le　　　　　　　Sorelle　　　　　　　Perverse

Autore: ***Aldivan Torres***
2020- Aldivan Torres
Tutti i diritti riservati

Questo libro, comprese tutte le sue parti, è protetto da diritto d'autore e non può essere riprodotto senza il permesso dell'autore, rivenduto o trasferito.

Aldivan Torres, Il Veggente, è un artista letterario. Promette con i suoi scritti di deliziare il pubblico e condurlo alle delizie del piacere. Il sesso è una delle cose migliori che ci siano.

Dedizione e ringraziamenti

Dedico questa serie erotica a tutti gli amanti del sesso e pervertiti come me. Spero di soddisfare le aspettative di tutte le menti folli. Inizio questo lavoro qui con la convinzione che Amelinha, Belinha e i loro amici faranno la storia. Senza ulteriori indugi, un caloroso abbraccio ai miei lettori.

Lettura competente e tanto divertimento.
Con affetto, l'autore.

Presentazione

Amelinha e Belinha sono due sorelle nate e cresciute all'interno di Pernambuco. Le figlie di padri contadini hanno saputo presto come affrontare le feroci difficoltà della vita di campagna con il sorriso sulle labbra. Con questo, stavano raggiungendo le loro conquiste personali. Il primo è un revisore delle finanze pubbliche e l'altro, meno intelligente, è un insegnante comunale di istruzione di base ad Arcoverde.

Sebbene siano felici professionalmente, i due hanno un serio problema cronico per quanto riguarda le relazioni perché non hanno mai trovato il loro principe azzurro, che è il sogno di ogni donna. La maggiore, Belinha, andò a vivere con un uomo per un po'. Tuttavia, è stato tradito ciò che ha generato nel suo piccolo cuore traumi irreparabili. Fu costretta a separarsi e promise a sé stessa di non soffrire mai più a causa di un uomo. Amelinha, cosa sfortunata, non riesce nemmeno a fidanzarci. Chi vuole sposare Amelinha? È una persona sfacciata dai capelli castani, magra, di media altezza, occhi color miele, culo medio, seno come l'anguria, petto definito oltre un sorriso accattivante. Nessuno sa quale sia il suo vero problema, o entrambi.

In relazione alla loro relazione interpersonale, sono vicini a condividere segreti tra di loro. Poiché Belinha fu tradita da un mascalzone, Amelinha si prese cura di sua sorella e decise di giocare con gli uomini. Le due divennero un duo dinamico noto come "Sorelle perverse". Nonostante ciò, gli uomini amano essere i loro giocattoli. Questo perché non c'è niente di meglio che amare Belinha e Amelinha anche solo per un momento. Conosceremo insieme le loro storie?

Le Sorelle Perverse
Dedizione e ringraziamenti
Presentazione
L'uomo nero
Il fuoco
Consultazione medica
Lezione privata
Prova di gara
Il ritorno dell'insegnante
Il pagliaccio maniaco
Tour nella città di Pesqueira

L'uomo nero

Amelinha e Belinha così come grandi professioniste e amanti, sono donne belle e ricche integrate nei social network. Oltre al sesso stesso, cercano anche di fare amicizia.

Una volta, un uomo è entrato nella chat virtuale. Il suo soprannome era "Uomo nero". In quel momento, presto tremò perché amava gli uomini neri. La leggenda narra che abbiano un fascino indiscusso.

" Ciao, bellissima! "Hai chiamato il benedetto uomo nero.

" Ciao, va bene? "Ha risposto l'intrigante Belinha.

" Tutto fantastico. Buona serata!

" Buona notte. Amo i neri!

" Questo mi ha toccato profondamente ora! Ma c'è una ragione speciale per questo? Come ti chiami?

" Beh, la ragione è che a me e mia sorella piacciono gli uomini, se sai cosa intendo. Per quanto riguarda il nome, anche se questo è un ambiente molto privato, non ho nulla da nascondere. Mi chiamo Belinha. Piacere di conoscerti.

" Il piacere è tutto mio. Mi chiamo Flavius e sono un vero simpatico!

" Ho sentito fermezza nelle sue parole. Vuoi dire che la mia intuizione è giusta?

" Non posso rispondere ora perché questo metterebbe fine all'intero mistero. Qual è il nome di tua sorella?

" Il suo nome è Amelinha.

" Amelinha! Bellissimo nome! Puoi descriverti fisicamente?

" Sono bionda, alta, forte, capelli lunghi, culo grande, seno medio e ho un corpo scultoreo. E tu?

" Colore nero, alto un metro e ottanta centimetri, forte, maculato, braccia e gambe spesse, capelli puliti, cantati e volti definiti.

" Ahi! Mi accendi!

" Non preoccuparti. Chi mi conosce, non dimentica mai?

" Vuoi farmi impazzire ora?

" Mi dispiace per questo, piccola! È solo per aggiungere un po' di fascino alla nostra conversazione.

" Quanti anni hai?

" Venticinque anni e i tuoi?

" Ho trentotto anni e mia sorella trentaquattro. Nonostante la differenza di età, siamo notevolmente vicini. Nell'infanzia, ci siamo uniti per superare le difficoltà. Quando eravamo adolescenti, condividevamo i nostri sogni. E ora, in età adulta, condividiamo i nostri risultati e le nostre frustrazioni. Non posso vivere senza di lei.

" Ottimo! Questa tua sensazione è incredibilmente bella. Sto ricevendo l'impulso di incontrarvi entrambi. È cattiva come te?

" In modo efficace, è la migliore in quello che fa. Molto intelligente, bello e educato. Il mio vantaggio è che sono più intelligente.

" Ma non vedo un problema in questo. Mi piacciono entrambi.

" Ti piace davvero? Sai, Amelinha è una donna speciale. Non perché sia mia sorella, ma perché ha un cuore gigante. Mi dispiace un po' per lei perché non ha mai avuto uno sposo. So che il suo sogno è sposarsi. Si è unita a me in una rivolta perché sono stata tradita dal mio compagno. Da allora, cerchiamo solo relazioni veloci.

" Capisco perfettamente. Sono anche un pervertito. Tuttavia, non ho una ragione particolare. Voglio solo godermi la mia giovinezza. Sembrate persone fantastiche.

" Grazie mille. Sei davvero di Arcoverde?

" Sì, vengo dal centro. E tu?

" Dal quartiere di Saint Cristopher.
" Ottimo. Vivi da solo?
" Sì. Vicino alla stazione degli autobus.
" Puoi ricevere una visita da un uomo oggi?
" Ci piacerebbe molto. Ma devi gestire entrambi. Ok?
" Non ti preoccupare, amore. Posso gestirne fino a tre.
" Ah, sì! Vero!
" Sarò proprio lì. puoi spiegare la posizione?
" Sì. Sarà un mio piacere.
" So dov'è. Vengo lassù!

L'uomo nero lasciò la stanza e anche Belinha. Ne approfittò e si trasferì in cucina dove incontrò sua sorella. Amelinha stava lavando i piatti sporchi per cena.

" Buona notte a te, Amelinha. Non crederai. Indovina chi sta arrivando.
" Non ne ho idea, sorella. Chi?
" Il Flavio. L'ho incontrato nella chat room virtuale. Sarà il nostro intrattenimento oggi.
" Che aspetto ha?
" È Uomo nero. Ti sei mai fermato a pensare che potesse essere bello? Il povero non sa di cosa siamo capaci!
" È davvero sorella! Finiamolo.
" Cadrà, con me! "Ha detto Belinha.
" No! Sarà con me " ha risposto Amelinha.
" Una cosa è certa: con uno di noi cadrà" ha concluso Belinha.
" È vero! Che ne dici di preparare tutto in camera da letto?
" Buona idea. Ti aiuterò!

Le due insaziabili bambole andarono nella stanza lasciando tutto organizzato per l'arrivo del maschio. Non appena finiscono, sentono suonare la campana.

" È lui, sorella? "Ha chiesto Amelinha.

" Diamo un'occhiata insieme! (Belinha)

" Dai! Amelinha accettò.

Passo dopo passo, le due donne hanno superato la porta della camera da letto, hanno superato la sala da pranzo e poi sono arrivate nel soggiorno. Camminarono verso la porta. Quando lo aprono, incontrano il sorriso affascinante e virile di Flavio.

" Buona notte! Va bene? Io sono il Flavio.

" Buona notte. Siete i benvenuti. Sono Belinha che ti parlava al computer e questa dolce ragazza accanto a me è mia sorella.

" Piacere di conoscerti, Flavio! "Amelinha ha detto.

" Piacere di conoscerti. Posso entrare?

" Certo! "Le due donne hanno risposto allo stesso tempo.

Lo stallone aveva accesso alla stanza osservando ogni dettaglio dell'arredamento. Cosa stava succedendo in quella mente bollente? Fu particolarmente toccato da ciascuno di quegli esemplari femminili. Dopo un attimo, guardò profondamente negli occhi le due puttane dicendo:

" Sei pronto per quello che sono venuto a fare?

" Pronti" affermarono gli amanti!

Il trio si fermò duramente e camminò a lungo verso la stanza più grande della casa. Chiudendo la porta, erano sicuri che il paradiso sarebbe andato all'inferno in pochi secondi. Tutto era perfetto: la disposizione degli asciugamani, i giocattoli sessuali, il film porno che suonava sul televisore a soffitto e la musica romantica vibrante. Niente poteva togliere il piacere di una grande serata.

Il primo passo è sedersi vicino al letto. L'uomo di colore ha iniziato a togliersi i vestiti delle due donne. La loro lussuria e sete di sesso era così grande che causarono un po' di ansia in quelle dolci signore. Si stava togliendo la camicia che mostrava il torace e l'addome ben allenati dall'allenamento quotidiano in palestra. I tuoi capelli medi in tutta questa regione hanno attirato sospiri dalle ragazze. Successivamente, si tolse i pantaloni permettendo la vista della sua biancheria intima Box mostrando di conseguenza il suo volume e la sua mascolinità. In quel momento, permise loro di toccare l'organo, rendendolo più eretto. Senza segreti, gettò via la biancheria intima mostrando tutto ciò che Dio gli aveva dato.

Era lungo ventidue centimetri, abbastanza quattordici centimetri di diametro da farli impazzire. Senza perdere tempo, caddero su di lui. Hanno iniziato con i preliminari. Mentre uno ingoiava il suo cazzo in bocca, l'altro leccava i sacchi di scroto. In questa operazione, sono passati tre minuti. Abbastanza a lungo da essere completamente pronti per il sesso.

Poi ha iniziato la penetrazione in uno e poi nell'altro senza preferenze. Il ritmo frequente della navetta ha causato gemiti, urla e orgasmi multipli dopo l'atto. Erano trenta minuti di sesso vaginale. Ognuno metà del tempo. Poi hanno concluso con il sesso orale e anale.

Il fuoco

Era una notte fredda, buia e piovosa nella capitale di tutti i boschi di Pernambuco. Ci sono stati momenti in cui i venti anteriori hanno raggiunto i cento chilometri all'ora spaventando le povere sorelle Amelinha e Belinha. Le due sorelle perverse si sono incontrate nel salotto della loro semplice residenza nel quartiere di San Cristoforo. Senza niente da fare, parlavano felicemente di cose generali.

" Amelinha, com'è andata la tua giornata all'ufficio della fattoria?

" La stessa vecchia cosa: ho organizzato la pianificazione fiscale dell'amministrazione fiscale e doganale, gestito il pagamento delle tasse, lavorato nella prevenzione e nella lotta all'evasione fiscale. È un lavoro impegnativo e noioso. Ma gratificante e ben pagato. E tu? Com'era la tua routine a scuola? "Ha chiesto Amelinha.

" In classe, ho passato i contenuti guidando gli studenti nel miglior modo possibile. Ho corretto gli errori e ho preso due telefoni cellulari di studenti che disturbavano la classe. Ho anche dato lezioni di comportamento, postura, dinamica e consigli utili. Ad ogni modo, oltre ad essere un'insegnante, sono la loro madre. Prova di ciò è che, all'intervallo, mi sono infiltrato nella classe degli studenti. Dal mio punto di vista, la scuola è la nostra seconda casa e dobbiamo prenderci cura delle amicizie e delle connessioni umane che ne derivano", ha risposto Belinha.

" Geniale, mia sorellina. I nostri lavori sono fantastici perché forniscono importanti costruzioni emotive e di interazione tra le persone. Nessun essere umano può vivere in isolamento, figuriamoci senza risorse psicologiche e finanziarie" ha analizzato Amelinha.

" Sono d'accordo. Il lavoro è essenziale per noi in quanto ci rende indipendenti dall'impero sessista prevalente nella nostra società ", ha detto Belinha.

" Esattamente. Continueremo nei nostri valori e atteggiamenti. L'uomo è buono solo a letto", ha osservato Amelinha.

" Parlando di uomini, cosa ne pensi di Christian? "Belinha chiese.

" È stato all'altezza delle mie aspettative. Dopo una tale esperienza, il mio istinto e la mia mente chiedono sempre più insoddisfazione interiore generatrice. Qual è la tua opinione? "Ha chiesto Amelinha.

" È stato bello, ma mi sento anche come te: incompleto. Sono arido di amore e sesso. Voglio sempre di più. Cosa abbiamo per oggi? "Ha detto Belinha.

" Sono a corto di idee. La notte è fredda, buia e buia. Senti il rumore fuori? C'è molta pioggia, venti intensi, fulmini e tuoni. Ho paura! "Ha detto Amelinha.

" Anch'io! "Belinha ha confessato.

In questo momento, un fulmine fragoroso si sente in tutta Arcoverde. Amelinha salta in grembo a Belinha che urla di dolore e disperazione. Allo stesso tempo, l'elettricità è carente, rendendoli entrambi disperati.

" E adesso? Cosa faremo Belinha? "Ha chiesto Amelinha.

" Scendi da me, cagna! Prenderò le candele! "Disse Belinha. Belinha spinse delicatamente sua sorella sul lato del divano mentre tentava le pareti per raggiungere la cucina. Poiché la casa è piccola, non ci vuole molto per completare questa operazione. Usando il tatto, prende le candele nell'armadio e le accende con i fiammiferi posizionati strategicamente sopra la stufa.

Con l'accensione della candela, torna tranquillamente nella stanza dove incontra sua sorella con un sorriso misterioso spalancato sul viso. Che cosa stava facendo?

" Puoi sfogarti, sorella! So che stai pensando qualcosa" disse Belinha.

" E se chiamassimo i vigili del fuoco della città avvertendo di un incendio? Ha detto Amelinha.

" Permettetemi di chiarire questo punto. Vuoi inventare un fuoco immaginario per attirare questi uomini? E se venissimo arrestati? "Belinha aveva paura.

" Il mio collega! Sono sicuro che ameranno la sorpresa. Cosa c'è di meglio che devono fare in una notte buia e noiosa come questa? "Ha detto Amelinha.

" Hai ragione. Ti ringrazieranno per il divertimento. Spezzeremo il fuoco che ci consuma dall'interno. Ora, arriva la domanda: chi avrà il coraggio di chiamarli? "Chiese Belinha.

" Sono molto timido. Lascio questo compito a te, sorella mia", disse Amelinha.

" Sempre io. Ok. Qualunque cosa accada Amelinha. " Belinha ha concluso.

Alzandosi dal divano, Belinha va al tavolo nell'angolo in cui è installato il cellulare. Chiama il numero di emergenza dei vigili del fuoco ed è in attesa di ricevere risposta. Dopo alcuni tocchi, sente una voce profonda e ferma che parla dall'altra parte.

" Buona notte. Questo è il dipartimento dei vigili del fuoco. Cosa vuoi?

" Mi chiamo Belinha. Vivo nel quartiere di Saint Cristopher qui ad Arcoverde. Io e mia sorella siamo disperati per tutta questa pioggia. Quando l'elettricità è uscita qui nella nostra casa, ha causato un cortocircuito, iniziando a dare fuoco agli oggetti. Fortunatamente, io e mia sorella siamo usciti. Il fuoco sta lentamente consumando la casa. Abbiamo bisogno dell'aiuto dei vigili del fuoco" ha detto angosciata la ragazza.

" Vacci piano, amico mio. Ci saremo presto. Puoi dare informazioni dettagliate sulla tua posizione? "Ha chiesto il pompiere di turno.

" La mia casa è esattamente su Central Avenue, terza casa sulla destra. Va bene per te?

" So dov'è. Saremo lì tra pochi minuti. Stai calmo", disse il pompiere.

" Stiamo aspettando. Grazie! "Grazie Belinha.

Tornando sul divano con un ampio sorriso, i due si lasciarono andare i cuscini e sbuffarono con il divertimento che stavano facendo. Tuttavia, questo non è raccomandato a meno che non fossero due puttane come loro.

Circa dieci minuti dopo, sentirono bussare alla porta e andarono a rispondere. Quando aprirono la porta, affrontarono tre volti magici, ognuno con la sua caratteristica bellezza. Uno era nero, alto sei piedi, gambe e braccia medie. Un altro era scuro, alto un metro e novanta, muscoloso e sculptoreo. Un terzo era bianco, corto, magro, ma molto affettuoso. Il ragazzo bianco vuole presentarsi:

" Ciao signore, buona notte! Mi chiamo Roberto. Quest'uomo della porta accanto si chiama Matteo e l'uomo marrone, Filippo. Quali sono i tuoi nomi e dov'è il fuoco?

" Sono Belinha, ti ho parlato al telefono. Questa persona dai capelli castani qui è mia sorella Amelinha. Entra e te lo spiegherò.

" Va bene. Hanno accolto i tre vigili del fuoco allo stesso tempo.

Il quintetto entrò in casa, e tutto sembrava normale perché l'elettricità era tornata. Si sistemano sul divano del soggiorno insieme alle ragazze. Sospettosi, fanno conversazione.

" Il fuoco è finito, vero? "Matteo chiese.

" Sì. Lo controlliamo già grazie a uno sforzo eroico" ha spiegato Amelinha.

" Peccato! Volevo lavorare. Lì in caserma la routine è così monotona ", ha detto Felipe.

" Ho un'idea. Che ne dici di lavorare in un modo più piacevole? "Belinha ha suggerito.

" Vuoi dire che tu sei quello che penso? "Interrogato Felipe.

" Sì. Siamo donne single che amano il piacere. Voglia di divertimento? "Chiese Belinha.

" Solo se vai ora" rispose l'uomo nero.

" Sono dentro anch'io" confermò il Brown Man.

" Aspettami" Il ragazzo bianco è disponibile.

" Allora, diciamo", dissero le ragazze.

Il quintetto entrò nella stanza condividendo un letto matrimoniale. Poi è iniziata l'orgia sessuale. Belinha e Amelinha si sono alternate per assistere al piacere dei tre vigili del fuoco.

Tutto sembrava magico e non c'era sensazione migliore che stare con loro. Con vari doni, hanno sperimentato variazioni sessuali e posizionali creando un'immagine perfetta.

Le ragazze sembravano insaziabili nel loro ardore sessuale che faceva impazzire quei professionisti. Passarono la notte a fare sesso e il piacere sembrava non finire mai. Non se ne sono andati fino a quando non hanno ricevuto una chiamata urgente dal lavoro. Si sono dimessi e sono andati a rispondere al rapporto della polizia. Anche così, non dimenticherebbero mai quella meravigliosa esperienza al fianco delle "Sorelle Perverse".

Consultazione medica

È nato sulla bellissima capitale dell'outback. Di solito, le due sorelle perverse si svegliavano presto. Tuttavia, quando si sono alzati, non si sono sentiti bene. Mentre Amelinha continuava a starnutire, sua sorella Belinha si sentiva un po' soffocata. Questi fatti provenivano dalla notte precedente in Piazza Virginia Guerra, dove bevevano, si baciavano sulla bocca e sbuffavano armoniosamente nella notte serena.

Poiché non si sentivano bene e senza forza per nulla, si sedettero sul divano religiosamente pensando a cosa fare perché gli impegni professionali stavano aspettando di essere risolti.

" Cosa facciamo, sorella? Sono totalmente senza fiato ed esausta", ha detto Belinha.

" Parlami di questo! Ho mal di testa e sto iniziando ad avere un virus. Siamo perduti! "Ha detto Amelinha.

" Ma non credo che questo sia un motivo per perdere il lavoro! Le persone dipendono da noi! "Ha detto Belinha

" Calmatevi, non facciamoci prendere dal panico! Che ne dici di unirci al bello? "Suggerito Amelinha.

" Non dirmi che stai pensando quello che sto pensando io... "Belinha era stupita.

" Esatto. Andiamo dal dottore insieme! Sarà un ottimo motivo per perdere il lavoro e chissà non succede quello che vogliamo! "Ha detto Amelinha

" Ottima idea! Allora, cosa stiamo aspettando? Prepariamoci! "Chiese Belinha.

" Dai! "Amelinha accettò.

I due andarono nei rispettivi recinti. Erano così entusiasti della decisione; non sembravano nemmeno malati. Era solo una loro invenzione? Perdonami, lettore, non pensiamo male ai nostri cari amici. Invece, li accompagneremo in questo nuovo entusiasmante capitolo della loro vita.

Nella camera da letto, facevano il bagno nelle loro suite, indossavano vestiti e scarpe nuovi, pettinavano i loro lunghi capelli, indossavano un profumo francese e poi andavano in cucina. Lì, hanno rotto uova e formaggio riempiendo due pagnotte di pane e mangiato con un succo freddo. Tutto era incredibilmente delizioso. Anche così, non sembravano sentirlo perché l'ansia e il nervosismo di fronte all'appuntamento del medico erano giganteschi.

Con tutto pronto, hanno lasciato la cucina per uscire di casa. Ad ogni passo che facevano, i loro cuoricini pulsavano di emozione pensando in un'esperienza completamente nuova.

Beati tutti! L'ottimismo si è impadronito di loro ed è stato qualcosa che doveva essere seguito da altri!

All'esterno della casa, vanno in garage. Aprendo la porta in due tentativi, si trovano di fronte alla modesta auto rossa. Nonostante il loro buon gusto per le auto, hanno preferito quelli popolari ai classici per paura della violenza comune presente in tutte le regioni brasiliane.

Senza indugio, le ragazze entrano nell'auto dando l'uscita delicatamente e poi una di loro chiude il garage tornando alla macchina subito dopo. Chi guida è Amelinha con esperienza già da dieci anni? Belinha non è ancora autorizzata a guidare.

Il percorso notevolmente breve tra la loro casa e l'ospedale è fatto con sicurezza, armonia e tranquillità. In quel momento, avevano la falsa sensazione di poter fare qualsiasi cosa. Contraddittoriamente, avevano paura della sua astuzia e libertà. Loro stessi sono rimasti sorpresi dalle azioni intraprese. Non era per niente di meno che venivano chiamati bastardi buoni troia!

Arrivati all'ospedale, hanno fissato l'appuntamento e hanno aspettato di essere chiamati. In questo intervallo di tempo, hanno approfittato di fare uno spuntino e hanno scambiato messaggi attraverso l'applicazione mobile con i loro cari servitori sessuali. Più cinico e allegro di questi, era impossibile esserlo!

Dopo un po', è il loro turno di essere visti. Inseparabili, entrano nell'ufficio di cura. Quando ciò accade, il medico ha quasi un infarto. Di fronte a loro c'era un raro pezzo di uomo: una persona alta dai capelli biondi, alta un metro e novanta centimetri, barbuta, capelli che formano una coda di cavallo, braccia e seni muscolosi, volti naturali con uno sguardo angelico. Ancor prima che possano redigere una reazione, invita:

"Sedetevi, entrambi!

"Grazie!"Hanno detto entrambe le cose.

I due hanno il tempo di fare una rapida analisi dell'ambiente: davanti al tavolo di servizio, il medico, la sedia in cui era seduto e dietro un armadio. Sul lato destro, un letto. Sulla parete, dipinti espressionisti dell'autore Cândido Portinari raffiguranti l'uomo di campagna. L'atmosfera è molto accogliente lasciando le ragazze a proprio agio. L'atmosfera di relax è spezzata dall'aspetto formale della consultazione.

"Dimmi cosa stai provando, ragazze!

Sembrava informale per le ragazze. Com'era dolce quell'uomo biondo! Deve essere stato delizioso da mangiare.

"Mal di testa, indisposizione e virus!"Ha detto Amelinha.

"Sono senza fiato e stanco!"Ha affermato Belinha.

"Va bene! Fammi guardare! Sdraiati sul letto!"Il Dottore chiese.

Le puttane respiravano a malapena a questa richiesta. Il professionista li ha fatti togliere parte dei loro vestiti e li ha sentiti in varie parti che hanno causato brividi e sudorazione fredda. Rendendosi conto che non c'era nulla di serio con loro, l'addetto scherzò:

"Sembra tutto perfetto! Di cosa vuoi che abbiano paura? Un'iniezione nel?

"Lo adoro! Se si tratta di un'iniezione grande e spessa ancora meglio!"Ha detto Belinha.

"Applicherai lentamente, amore?"Ha detto Amelinha.

"Stai già chiedendo troppo!"Ha notato il clinico.

Chiudendo con cura la porta, cade sulle ragazze come un animale selvatico. In primo luogo, toglie il resto dei vestiti dai corpi. Questo affina ancora di più la sua libido. Essendo completamente nudo, ammira per un momento quelle creature scultoree. Poi è il suo turno di mettersi in mostra. Si assicura che si tolgano i vestiti. Questo aumenta l'interazione e l'intimità tra il gruppo.

Con tutto pronto, iniziano i preliminari del sesso. Usando la lingua in parti sensibili come l'ano, il e l'orecchio, la bionda provoca mini-orgasmi di piacere in entrambe le donne. Tutto andava bene anche quando qualcuno continuava a bussare alla porta. Nessuna via d'uscita, deve rispondere. Cammina un po' e apre la porta. Così facendo, si imbatte nell'infermiera di guardia: una persona due gare snella, con gambe sottili ed eccezionalmente bassa.

" Dottore, ho una domanda sul farmaco di un paziente: sono cinque o trecento milligrammi di aspirina? "Ha chiesto a Roberto di mostrare una ricetta.

" Cinquecento! "Confermato Alex.

In quel momento, l'infermiera vide i piedi delle ragazze nude che stavano cercando di nascondersi. Ho riso dentro.

" Scherzando un po', eh, Doc? Non chiamare nemmeno i tuoi amici!

" Mi scusi! Vuoi unirti alla banda?

" Mi piacerebbe!

" Allora vieni!

I due entrarono nella stanza chiudendo la porta dietro di loro. Più che rapidamente, la persona due gare si tolse i vestiti. Nudo, ha mostrato il suo albero lungo, spesso e venoso come un trofeo. Belinha era felice e presto gli diede del sesso orale. Alex ha anche chiesto ad Amelinha di fare lo stesso con lui. Dopo l'orale, hanno iniziato anale. In questa parte, Belinha trovò estremamente difficile aggrapparsi al cazzo mostruoso dell'infermiera. Ma una volta entrato nel buco, il loro piacere era enorme. D'altra parte, non sentivano alcuna difficoltà perché il loro pene era normale.

Poi hanno fatto sesso vaginale in varie posizioni. Il movimento di avanti e indietro nella cavità ha causato allucinazioni in loro. Dopo questa fase, i quattro si unirono in un sesso di gruppo. È stata la migliore esperienza in cui sono state spese le energie rimanenti. Quindici minuti dopo, erano entrambi esauriti. Per le sorelle, il sesso non sarebbe mai finito, ma buono come erano rispettate la fragilità di quegli uomini. Non volendo disturbare il loro lavoro, hanno smesso di prendere il certificato di giustificazione del lavoro e il loro telefono personale. Sono partiti completamente composti senza suscitare l'attenzione di nessuno durante la traversata dell'ospedale.

Arrivati al parcheggio, sono entrati in macchina e hanno iniziato la via del ritorno. Felici come sono, stavano già pensando al loro prossimo guaio sessuale. Le sorelle perverse erano davvero qualcosa!

Lezione privata

Era un pomeriggio come un altro. Nuove arrivate dal lavoro, le sorelle perverse erano impegnate con le faccende domestiche. Dopo aver terminato tutti i compiti, si sono riuniti nella stanza per riposare un po'. Mentre Amelinha leggeva un libro, Belinha usava Internet mobile per navigare nei suoi siti web preferiti.

Ad un certo punto, il secondo urla ad alta voce nella stanza, il che spaventa sua sorella.

"Che cos'è, ragazza? Sei pazzo? "Ha chiesto Amelinha.

"Ho appena avuto accesso al sito web dei concorsi avendo una sorpresa grata", ha informato Belinha.

"Dimmi di più!

"Le registrazioni del tribunale regionale federale sono aperte. Facciamolo?

"Buona chiamata, sorella mia! Qual è lo stipendio?

"Più di diecimila dollari iniziali.

"Molto buono! Il mio lavoro è migliore. Tuttavia, farò il concorso perché mi sto preparando a cercare altri eventi. Servirà come esperimento.

"Fai molto bene! Tu mi incoraggi. Ora, non so da dove cominciare. Puoi darmi dei consigli?

"Acquista un corso virtuale, fai molte domande sui siti di test, fai e rifai i test precedenti, scrivi riassunti, guarda suggerimenti e scarica buoni materiali su Internet, tra le altre cose.

"Grazie! Seguirò tutti questi consigli! Ma ho bisogno di qualcosa di più. Guarda, sorella, visto che abbiamo soldi, che ne dici di pagare per una lezione privata?

"Non ci avevo pensato. Questa è un'idea innovativa! Hai qualche suggerimento per una persona competente?

"Ho un insegnante molto competente qui da Arcoverde nei miei contatti telefonici. Guarda la sua foto!

Belinha ha dato a sua sorella il suo cellulare. Vedendo la foto del ragazzo, rimase estasiata. Oltre che bello, era intelligente! Sarebbe una vittima perfetta della coppia che unisce l'utile al piacevole.

"Cosa stiamo aspettando? Prendilo, sorella! Dobbiamo studiare presto. "Amelinha ha detto.

"Hai capito! "Belinha accettò.

Alzandosi dal divano, ha iniziato a comporre i numeri del telefono sul tastierino numerico. Una volta effettuata la chiamata, ci vorranno solo pochi istanti per ricevere risposta.

"Ciao. Tutti voi, giusto?

"È tutto fantastico, Renato.

"Invia gli ordini.

"Stavo navigando in Internet quando ho scoperto che le domande per il concorso del tribunale regionale federale sono aperte. Ho nominato immediatamente la mia mente come un insegnante rispettabile. Ti ricordi la stagione scolastica?

"Ricordo bene quella volta. Bei tempi a chi non torna!

"Esatto! Hai tempo per darci una lezione privata?

"Che conversazione, signorina! Per te ho sempre tempo! Che data fissiamo?

"Possiamo farlo domani alle 2:00? Dobbiamo iniziare!

"Certo, lo faccio! Con il mio aiuto, dico umilmente che le possibilità di passare aumentano incredibilmente.

"Ne sono sicuro!

"Che bello! Puoi aspettarmi alle 2:00.

"Grazie mille! Ci vediamo domani!

"Ci vediamo più tardi!

Belinha riattaccò il telefono e schizzò un sorriso per il suo compagno. Sospettando la risposta, Amelinha ha chiesto:
"Come è andata?
"Accettò. Domani alle 2:00 sarà qui.
"Che bello! I nervi mi stanno uccidendo!
"Vacci piano, sorella! Andrà tutto bene.
"Amen!
"Prepariamo la cena? Ho già fame!
"Ben ricordato.!
La coppia è passata dal soggiorno alla cucina dove in un ambiente piacevole ha parlato, giocato, cucinato tra le altre attività. Erano figure esemplari di suore unite dal dolore e dalla solitudine. Il fatto che fossero bastardi nel sesso li qualificava ancora di più. Come tutti sapete, la donna brasiliana ha sangue caldo.

Poco dopo, fraternizzavano intorno al tavolo, pensando alla vita e alle sue vicissitudini.

"Mangiando questo delizioso pollo, ricordo l'uomo nero e i vigili del fuoco! Momenti che sembrano non passare mai! "Belinha ha detto!

"Parlami di questo! Quei ragazzi sono deliziosi! Per non parlare dell'infermiera e del medico! Mi è piaciuto molto troppo! "Ricordato Amelinha!

"Abbastanza vero, sorella mia! Avere un bell'albero ogni uomo diventa piacevole! Che le femministe mi perdonino!

"Non abbiamo bisogno di essere così radicali...!

I due ridono e continuano a mangiare il cibo sul tavolo. Per un momento, nient'altro importava. Erano sole al mondo e questo le qualificava come Dee della bellezza e dell'amore. Perché la cosa più importante è sentirsi bene e avere autostima.

Fiduciosi in sé stessi, continuano nel rituale familiare. Alla fine di questa fase, navigano in Internet, ascoltano musica sullo stereo del soggiorno, guardano soap opera e, più tardi, un film porno. Questa corsa li lascia senza fiato e stanchi costringendoli ad andare a riposare nelle rispettive stanze. Stavano aspettando con impazienza il giorno dopo.

Non passerà molto tempo prima che cadano in un sonno profondo. Oltre agli incubi, la notte e l'alba si svolgono all'interno del raggio normale. Appena arriva l'alba, si alzano e iniziano a seguire la normale routine: bagno, colazione, lavoro, ritorno a casa, bagno, pranzo, pisolino e spostamento nella stanza dove aspettano la visita programmata.

Quando sentono bussare alla porta, Belinha si alza e va a rispondere. Così facendo, si imbatte nell'insegnante sorridente. Questo gli causò una buona soddisfazione interna.

"Bentornato, amico mio! Pronto a insegnarci?

"Sì, molto, molto pronto! Grazie ancora per questa opportunità!" Ha detto Renato.

"Entriamo!" disse Belinha.

Il ragazzo non ci pensò due volte e accettò la richiesta della ragazza. Salutò Amelinha e, al suo segnale, si sedette sul divano. Il suo primo atteggiamento è stato quello di togliersi la camicetta a maglia nera perché faceva troppo caldo. Con questo, ha lasciato il suo pettorale ben lavorato in palestra, il sudore gocciolante e la sua luce dalla pelle scura. Tutti questi dettagli erano un afrodisiaco naturale per quei due "pervertiti".

Facendo finta che non stesse succedendo nulla, fu avviata una conversazione tra loro tre.

"Ha preparato una buona lezione, professore? "Ha chiesto Amelinha.

"Sì! Iniziamo con quale articolo? "Ha chiesto Renato.

"Non lo so... "ha detto Amelinha.

"Che ne dici di divertirci prima? Dopo che ti sei tolto la camicia, mi sono bagnato! "Confessò Belinha.

"Anch'io" disse Amelinha.

"Voi due siete davvero maniaci del sesso! Non è questo che amo? "Disse il maestro.

Senza aspettare una risposta, si tolse i blue jeans che mostravano i muscoli adduttori della coscia, i suoi occhiali da sole che mostravano i suoi occhi azzurri e infine la sua biancheria intima che mostrava una perfezione di pene lungo, di medio spessore e con testa triangolare. Bastava che le piccole puttane cadessero in cima e cominciassero a godere di quel corpo virile e gioviale. Con il suo aiuto, si tolsero i vestiti e iniziarono i preliminari del sesso.

In breve, questo è stato un meraviglioso incontro sessuale in cui hanno sperimentato molte cose nuove. Erano quaranta minuti di sesso selvaggio in completa armonia. In questi momenti, l'emozione era così grande che non si accorsero nemmeno del tempo e dello spazio. Pertanto, erano infiniti attraverso l'amore di Dio.

Quando raggiunsero l'estasi, si riposarono un po' sul divano. Hanno poi studiato le discipline incaricate dalla competizione. Come studenti, i due erano utili, intelligenti e disciplinati, il che è stato notato dall'insegnante. Sono sicuro che erano sulla buona strada per l'approvazione.

Tre ore dopo, hanno smesso di promettere nuovi incontri di studio. Felici nella vita, le sorelle perverse andarono a prendersi cura degli altri loro doveri già pensando alle loro prossime avventure. Erano conosciuti in città come "L'Insaziabile".

Prova di gara

È passato un po' di tempo. Per circa due mesi, le suore perverse si sono dedicate al concorso in base al tempo a disposizione. Ogni giorno che passava erano più preparati per qualsiasi cosa andasse e venisse. Allo stesso tempo, ci sono stati incontri sessuali e, in questi momenti, sono stati liberati.

Il giorno del test era finalmente arrivato. Partiti presto dal capoluogo dell'entroterra, le due sorelle iniziarono a percorrere l'autostrada BR 232 per un percorso complessivo di 250 km. Lungo la strada, passarono dai punti principali dell'interno dello stato: Pesqueira, Bel giardino, São Caetano, Caruaru, Gravatá, Vitelli e Vittoria di Santo Antao. Ognuna di queste città aveva una storia da raccontare e dalla loro esperienza l'hanno assorbita completamente. Com'era bello vedere le montagne, la Foresta Atlantica, la caatinga, le fattorie, le fattorie, i villaggi, le piccole città e sorseggiare l'aria pulita proveniente dalle foreste. Pernambuco era uno stato meraviglioso!

Entrando nel perimetro urbano della capitale, celebrano la buona realizzazione del Viaggio. Prendi la strada principale per il buon viaggio del quartiere dove eseguirebbero il test. Lungo la strada, affrontano traffico congestionato, indifferenza da parte di estranei, aria inquinata e mancanza di guida. Ma alla fine ce l'hanno fatta. Entrano nel rispettivo edificio, si identificano e iniziano il test che durerebbe due periodi. Durante la prima parte del test, sono totalmente focalizzati sulla sfida delle domande a risposta multipla. Ebbene, elaborato dalla banca incaricata dell'evento, ha stimolato le più diverse elaborazioni delle due. Dal loro punto di vista, stavano andando bene. Quando hanno preso la pausa, sono usciti a pranzo e un succo di frutta in un ristorante di fronte all'edificio. Questi momenti erano importanti per loro per mantenere la loro fiducia, relazione e amicizia.

Successivamente, sono tornati al sito di test. Poi è iniziato il secondo periodo dell'evento con questioni che riguardano altre discipline. Anche senza mantenere lo stesso ritmo, erano ancora molto perspicaci nelle loro risposte. Hanno dimostrato in questo modo che il modo migliore per superare i concorsi è dedicare molto agli studi. Qualche tempo dopo, hanno concluso la loro fiduciosa partecipazione. Hanno consegnato le prove, sono tornati all'auto, muovendosi verso la spiaggia situata nelle vicinanze.

Lungo la strada, hanno suonato, acceso il suono, commentato la gara e avanzato per le strade di Recife guardando le strade illuminate della capitale perché era notte. Si meravigliano dello spettacolo visto. Non c'è da stupirsi che la città sia conosciuta come la "Capitale dei tropici". Il tramonto dona all'ambiente un aspetto ancora più magnifico. Che bello essere lì in quel momento!

Quando raggiunsero il nuovo punto, si avvicinarono alle rive del mare e poi si lanciarono nelle sue acque fredde e calme. Il sentimento provocato è estatico di gioia, contentezza, soddisfazione e pace. Perdendo la cognizione del tempo, nuotano fino a quando non sono stanchi. Dopodiché, si sdraiano sulla spiaggia alla luce delle stelle senza alcuna paura o preoccupazione. La magia si è impadronita di loro brillantemente. Una parola da usare in questo caso era "Incommensurabile".

Ad un certo punto, con la spiaggia quasi deserta, c'è un approccio di due uomini delle ragazze. Cercano di alzarsi e correre di fronte al pericolo. Ma sono fermati dalle forti braccia dei ragazzi.

" Vacci piano, ragazze! Non ti faremo del male! Chiediamo solo un po' di attenzione e affetto! "Uno di loro ha parlato.

Di fronte al tono dolce, le ragazze ridevano di emozione. Se volevano il sesso, perché non soddisfarli? Erano esperti in quest'arte. Rispondendo alle loro aspettative, si sono alzati e li hanno aiutati a togliersi i vestiti. Hanno consegnato due preservativi e fatto uno spogliarello. È stato sufficiente per far impazzire quei due uomini.

Cadendo a terra, si amavano in coppia e i loro movimenti facevano tremare il pavimento. Si sono concessi tutte le variazioni sessuali e i desideri di entrambi. A questo punto della consegna, non si preoccupavano di niente e di nessuno. Per loro, erano soli nell'universo in un grande rituale d'amore senza pregiudizi. Nel sesso, erano completamente intrecciati producendo un potere mai visto. Come gli strumenti, facevano parte di una forza più grande nella continuazione della vita.

Solo l'esaurimento li costringe a fermarsi. Pienamente soddisfatti, gli uomini smettono e se ne vanno. Le ragazze decidono di tornare alla macchina. Iniziano il loro viaggio di ritorno alla loro residenza. Bene, hanno portato con sé le loro esperienze e si aspettavano buone notizie sul concorso a cui hanno partecipato. Hanno certamente meritato la migliore fortuna del mondo.

Tre ore dopo, tornarono a casa in pace. Ringraziamo Dio per le benedizioni concesse andando a dormire. L'altro giorno, stavo aspettando altre emozioni per i due maniaci.

Il ritorno dell'insegnante

Alba. Il sole sorge presto con i suoi raggi che passano attraverso le fessure della finestra andando ad accarezzare i volti delle nostre care bambine. Inoltre, la sottile brezza mattutina ha contribuito a creare l'umore in loro. Com'è stato bello avere l'opportunità di un altro giorno con la benedizione del Padre. Lentamente, i due si stanno alzando dai rispettivi letti allo stesso tempo. Dopo il bagno, il loro incontro avviene nella tettoia dove preparano la colazione insieme. È un momento di gioia, anticipazione e distrazione condividendo esperienze in momenti incredibilmente fantastici.

Dopo che la colazione è pronta, si riuniscono attorno al tavolo comodamente seduti su sedie di legno con schienale per la colonna. Mentre mangiano, si scambiano esperienze intime.

Eleonora

Mia sorella, cos'era?

Amelinha ·

Pura emozione! Ricordo ancora ogni dettaglio dei corpi di quei cari cretini!

Eleonora

Anch'io! Ho provato un piacere immenso. Era quasi extrasensoriale.

Amelinha·

Lo so! Facciamo queste cose folli più spesso!

Eleonora

Sono d'accordo!

Amelinha·

Ti è piaciuto il test?

Eleonora

Mi è piaciuto molto. Sto morendo dalla voglia di controllare le mie prestazioni!

Amelinha·

Anch'io!

Non appena hanno finito di nutrirsi, le ragazze hanno preso i loro telefoni cellulari accedendo a Internet mobile. Hanno navigato sulla pagina dell'organizzazione per controllare il feedback della prova. Lo scrissero su carta e andarono nella stanza per controllare le risposte.

Dentro, saltarono di gioia quando videro la buona nota. Erano passati! L'emozione provata non poteva essere contenuta in questo momento. Dopo aver festeggiato molto, ha l'idea migliore: invitare il Maestro Renato in modo che possano celebrare il successo della missione. Belinha è di nuovo responsabile della missione. Prende il telefono e chiama.

Eleonora

Ciao?

Renato
Ciao, stai bene? Come stai, dolce Belle?
Eleonora
Molto bene! Indovina cosa è appena successo.
Renato
Non dirmelo tu....
Eleonora
Sì! Abbiamo superato il concorso!
Renato
Le mie congratulazioni! Non te l'ho detto?
Eleonora
Voglio ringraziarvi molto per la vostra collaborazione in ogni modo. Mi capisci, vero?
Renato
Capisco. Dobbiamo creare qualcosa. Preferibilmente a casa tua.
Eleonora
Questo è esattamente il motivo per cui ho chiamato. Possiamo farlo oggi?
Renato
Sì! Posso farlo stasera.
Eleonora
Meraviglia. Vi aspettiamo poi alle otto di sera.
Renato
Ok. Posso portare mio fratello?
Eleonora
Naturalmente,
Renato
A più tardi!

Eleonora
A più tardi!

La connessione termina. Guardando sua sorella, Belinha si lascia scappare una risata di felicità. Curioso, l'altro chiede:

Amelinha·
E allora? le viene?

Eleonora
Va tutto bene! Alle otto di stasera ci riuniremo. Lui e suo fratello stanno arrivando! Hai pensato all'orgia?

Amelinha·
Non dirlo a me! Sto già palpitando di emozione!

Eleonora
Che ci sia cuore! Spero che funzioni!

Amelinha·
"Ha funzionato tutto!

I due ridono contemporaneamente riempiendo l'ambiente di vibrazioni positive. In quel momento, non avevo dubbi che il destino stesse cospirando per una notte di divertimento per quel duo maniaco. Avevano già raggiunto così tante fasi insieme che non si sarebbero indeboliti ora. Dovrebbero quindi continuare a idolatrare gli uomini come un gioco sessuale e poi scartarli. Quella era la gara che poteva fare per pagare la loro sofferenza. In effetti, nessuna donna merita di soffrire. O meglio, ogni donna non merita dolore.

È ora di mettersi al lavoro. Lasciando la stanza già pronta, le due sorelle vanno al garage dove partono nella loro auto privata. Amelinha porta prima Belinha a scuola e poi parte per l'ufficio della fattoria. Lì, trasuda gioia e racconta le notizie professionali. Per l'approvazione del concorso, riceve le congratulazioni di tutti. La stessa cosa accade a Belinha.

Più tardi, tornano a casa e si incontrano di nuovo. Quindi inizia la preparazione per ricevere i tuoi colleghi. La giornata prometteva di essere ancora più speciale.

Esattamente all'ora prevista, sentono bussare alla porta. Belinha, la più intelligente di loro, si alza e risponde. Con passi fermi e sicuri, si mette nella porta e la apre lentamente. Al termine di questa operazione, visualizza la coppia di fratelli. Con un segnale dall'ospite, entrano e si sistemano sul divano nel soggiorno.

Renato

Questo è mio fratello. Il suo nome è Ricardo.

Eleonora

Piacere di conoscerti, Ricardo.

Amelinha ·

Siete i benvenuti qui!

Ricardo

Vi ringrazio entrambi. Il piacere è tutto mio!

Renato

Sono pronto! Possiamo semplicemente andare nella stanza?

Eleonora

Dai!

Amelinha ·

Chi ottiene chi ora?

Renato

Scelgo Belinha da solo.

Eleonora

Grazie, Renato, grazie! Siamo insieme!

Ricardo

Sarò felice di stare con Amelinha!

Amelinha ·

Stai per tremare!

Ricardo

Vedremo!

Eleonora

Allora che la festa abbia inizio!

Gli uomini posarono delicatamente le donne sul braccio portandole fino ai letti situati nella camera da letto di uno di loro. Arrivati sul posto, si tolgono i vestiti e cadono nei bellissimi mobili iniziando il rituale dell'amore in più posizioni, scambiano carezze e complicità. L'eccitazione e il piacere erano così grandi che i gemiti prodotti potevano essere ascoltati dall'altra parte della strada scandalizzando i vicini. Voglio dire, non tanto, perché sapevano già della loro fama.

Con la conclusione dall'alto, gli amanti tornano in cucina dove bevono succo con biscotti. Mentre mangiano, chiacchierano per due ore, aumentando l'interazione del gruppo. Quanto è stato bello essere lì a imparare la vita e come essere felici. La contentezza è stare bene con sé stessi e con il mondo che afferma le sue esperienze e i suoi valori davanti agli altri portando la certezza di non poter essere giudicati dagli altri. Pertanto, il massimo che credevano era "Ognuno è la sua persona".

Al calar della notte, finalmente dicono addio. I visitatori se ne vanno lasciando i "Cari Pirenei" ancora più euforici quando si pensa a nuove situazioni. Il mondo continuava a girarsi verso i due confidenti. Che siano fortunati!

Il pagliaccio maniaco

Domenica è arrivata e con lui un sacco di notizie in città. Tra questi, l'arrivo di un circo chiamato "Superstar", famoso in tutto il Brasile. Questo è tutto ciò di cui abbiamo parlato nella zona. Curiose innatamente, le due sorelle hanno programmato di assistere all'apertura dello spettacolo prevista per questa stessa notte.

Vicino al programma, i due erano già pronti per uscire dopo una cena speciale per la loro festa per la persona non sposata. Vestiti per il gala, entrambi hanno sfilato in contemporanea, dove sono usciti di casa ed entrati nel garage. Entrando in macchina, iniziano con uno di loro che scende e chiude il garage. Con il ritorno dello stesso, il viaggio può essere ripreso senza ulteriori problemi.

Lasciando il quartiere Saint Cristoforo, dirigersi verso il quartiere Boa Vista all'altra estremità della città, la capitale dell'entroterra con circa ottantamila abitanti. Mentre camminano lungo i viali tranquilli, rimangono stupiti dall'architettura, dalle decorazioni natalizie, dagli spiriti della gente, dalle chiese, dalle montagne di cui sembravano parlare, dai giochi di parole profumati scambiati in complicità, dal suono del rock rumoroso, dal profumo francese, dalle conversazioni su politica, affari, società, partiti, cultura nord-orientale e segreti. Ad ogni modo, erano totalmente rilassati, ansiosi, nervosi e concentrati.

Lungo la strada, all'istante, cade una bella pioggia. Contro le aspettative, le ragazze aprono i finestrini del veicolo facendo in modo che piccole gocce d'acqua lubrificano i loro volti. Questo gesto mostra la loro semplicità e autenticità, veri campioni astrali. Questa è l'opzione migliore per le persone. Che senso ha rimuovere i fallimenti, l'irrequietezza e il dolore del passato? Non li avrebbero portati da nessuna parte. Ecco perché erano felici attraverso le loro scelte. Sebbene il mondo li giudicasse, a loro non importava perché possedevano il loro destino. Buon compleanno a loro!

A una decina di minuti di distanza, sono già nel parcheggio annesso al circo. Chiudono l'auto, camminano per pochi metri nel cortile interno dell'ambiente. Per venire presto, si siedono sulle prime gradinate. Mentre stai aspettando lo spettacolo, comprano popcorn, birra, lasciano cadere le stronzate e i giochi di parole silenziosi. Non c'era niente di meglio che essere nel circo!

Quaranta minuti dopo, lo spettacolo è iniziato. Tra le attrazioni ci sono pagliaccio scherzosi, acrobati, trapezisti, contorsionisti, mondo della morte, maghi, giocolieri e uno spettacolo musicale. Per tre ore, vivono momenti magici, divertenti, distratti, giocano, si innamorano, finalmente, vivono. Con la rottura dello spettacolo, si assicurano di andare nel camerino e salutare uno dei pagliacci. Aveva compiuto l'acrobazia di rallegrarli come non fosse mai successo.

Sul palco, devi ottenere una linea. Per coincidenza, sono gli ultimi ad andare nello spogliatoio. Lì, trovano un pagliaccio sfigurato, lontano dal palco.

"Siamo venuti qui per congratularci con voi per il vostro grande spettacolo. C'è un dono di Dio in esso! Guardò Belinha.

"Le tue parole e i tuoi gesti hanno scosso il mio spirito. Non lo so, ma ho notato una tristezza nei tuoi occhi. Ho ragione?

"Grazie ad entrambi per le parole. Come ti chiami? Rispose il pagliaccio.

"Mi chiamo Amelinha!

"Mi chiamo Belinha.

"Piacere di conoscerti. Puoi chiamarmi Gilberto! Ho attraversato abbastanza dolore in questa vita. Uno di questi è stata la recente separazione da mia moglie. Devi capire che non è facile separarsi da tua moglie dopo 20 anni di vita, giusto? Indipendentemente da ciò, sono lieto di realizzare la mia arte.

"Povero ragazzo! Mi dispiace! (Amelinha).

"Cosa possiamo fare per tirarlo su di morale? (Belinha).

"Non so come. Dopo la rottura di mia moglie, mi manca così tanto. (Gilberto).

"Possiamo risolvere questo problema, non possiamo, sorella? (Belinha).

"Certo. Sei un uomo di bell'aspetto. (Amelinha)

"Grazie, ragazze. Sei meraviglioso. Esclamò Gilberto.

Senza aspettare oltre, il virile bianco, alto, forte, dagli occhi scuri si spogliò e le signore seguirono il suo esempio. Nudo, il trio è andato nei preliminari proprio lì sul pavimento. Più che uno scambio di emozioni e imprecazioni, il sesso li divertiva e li rallegrava. In quei brevi momenti, sentirono parti di una forza più grande, l'amore di Dio. Attraverso l'amore, raggiunsero la maggiore estasi che un essere umano poteva raggiungere.

Finito l'atto, si vestono e dicono addio. Quell'altro passo e la conclusione che ne giunse fu che l'uomo era un lupo selvatico. Un pagliaccio maniacale che non dimenticherai mai. Non più, lasciano il circo spostandosi nel parcheggio. Stanno salendo in macchina a partire dalla via del ritorno. Nei giorni successivi furono promesse altre sorprese.

La seconda alba è arrivata più bella che mai. La mattina presto, i nostri amici sono lieti di sentire il calore del sole e la brezza che vaga nei loro volti. Questi contrasti causavano nell'aspetto fisico dello stesso una buona sensazione di libertà, appagamento, soddisfazione e gioia. Erano pronti, per, ad affrontare un nuovo giorno.

Tuttavia, concentrano le loro forze culminando nel loro sollevamento. Il passo successivo è andare in suite e farlo con estremo vagabondaggio come se fossero dello stato di Bahia. Non per ferire i nostri cari vicini, ovviamente. La terra di tutti i santi è un luogo spettacolare pieno di cultura, storia e tradizioni secolari. Lunga vita a Bahia.

In bagno, si tolgono i vestiti per la strana sensazione di non essere soli. Chi ha mai sentito parlare della leggenda del bagno biondo? Dopo una maratona di film horror, era normale mettersi nei guai con esso. Nell'istante successivo, annuiscono con la testa cercando di essere più silenziosi. Improvvisamente, viene in mente a ciascuno di loro, la loro traiettoria politica, il loro lato cittadino, il loro lato professionale, religioso e il loro aspetto sessuale. Si sentono bene nell'essere dispositivi imperfetti. Erano sicuri che qualità e difetti si aggiungessero alla loro personalità.

Inoltre, si chiudono in bagno. Aprendo la doccia, lasciano scorrere l'acqua calda attraverso i corpi sudati a causa del calore della sera prima. Il liquido funge da catalizzatore assorbendo tutte le cose tristi. Questo è esattamente ciò di cui avevano bisogno ora: dimenticare il dolore, il trauma, le delusioni, l'irrequietezza cercando di trovare nuove aspettative. L'anno in corso è stato cruciale in questo. Una svolta fantastica in ogni aspetto della vita.

Il processo di pulizia viene avviato con l'uso di spugne vegetali, sapone, shampoo, oltre all'acqua. Attualmente, sentono uno dei migliori piaceri che ti costringe a ricordare il biglietto sulla barriera corallina e le avventure sulla spiaggia. Intuitivamente, il loro spirito selvaggio chiede più avventure in ciò che rimangono da analizzare il prima possibile. La situazione favorita dal tempo libero compiuto al lavoro di entrambi come premio di dedizione al servizio pubblico.

Per circa 20 minuti, hanno messo un po' da parte i loro obiettivi per vivere un momento di riflessione nella loro rispettiva intimità. Alla fine di questa attività, escono dal bagno, puliscono il corpo bagnato con l'asciugamano, indossano vestiti e scarpe puliti, indossano profumi svizzeri, trucco importato dalla Germania con occhiali da sole e diademi veramente belli. Completamente pronti, si spostano verso la coppa con le loro borse sulla striscia e si salutano felici della riunione in ringraziamento al buon Dio.

In collaborazione, preparano una colazione di invidia: couscous in salsa di pollo, verdure, frutta, crema di caffè e cracker. In parti uguali, il cibo è diviso. Alternano momenti di silenzio a brevi scambi di parole perché educati. Colazione finita, non c'è scampo oltre ciò che intendevano.

"Cosa suggerisci, Belinha? Mi annoio!

"Ho un'idea intelligente. Ricordate quella persona che abbiamo incontrato al festival letterario?

"Mi ricordo. Era uno scrittore e il suo nome era Divino.

"Ho il suo numero. Che ne dici di metterti in contatto? Vorrei sapere dove vive.

"Anch'io. Ottima idea. Fallo. Mi piacerà.

"Va bene!

Belinha aprì la borsa, prese il telefono e iniziò a comporre. In pochi istanti, qualcuno risponde alla linea e inizia la conversazione.

"Ciao.

"Ciao, Divino. Va bene?

"Va bene, Belinha. Come va?

"Stiamo andando bene. Guarda, quell'invito è ancora attivo? Mia sorella ed io vorremmo avere uno spettacolo speciale stasera.

"Certo, lo faccio. Non ve ne pentirete. Qui abbiamo seghe, natura abbondante, aria fresca oltre la grande compagnia. Sono disponibile anche oggi.

"Che meraviglia. Bene, aspettaci all'ingresso del villaggio. Nel maggior numero di 30 minuti ci siamo.

"Va bene. A più tardi!

"Ci vediamo più tardi!

La chiamata termina. Con un sorriso timbrato, Belinha torna a comunicare con sua sorella.

"Ha detto di sì. Andiamo?

"Dai. Cosa aspettiamo?

Entrambi sfilano dalla coppa all'uscita della casa, chiudendo la porta dietro di loro con una chiave. Poi si spostano nel garage. Guidano l'auto ufficiale di famiglia, lasciandosi alle spalle i loro problemi in attesa di nuove sorprese ed emozioni sulla terra più importante del mondo. Attraverso la città, con un forte suono acceso, hanno mantenuto la loro piccola speranza per sé stessi. Ne è valsa la pena in quel momento fino a quando non ho pensato alla possibilità di essere felice per sempre.

Con un breve lasso di tempo, prendono il lato destro dell'autostrada BR 232. Quindi, inizia il corso del corso verso la realizzazione e la felicità. Con velocità moderata, possono godersi il paesaggio montano sulle rive della pista. Sebbene fosse un ambiente conosciuto, ogni passaggio era più di una novità. Era un sé ritrovato.

Passando attraverso luoghi, fattorie, villaggi, nuvole blu, ceneri e rose, aria secca e temperatura calda vanno. Nel tempo programmato, stanno arrivando al più bucolico degli ingressi dell'entroterra brasiliano. Mimoso dei colonnelli, del sensitivo, dell'Immacolata Concezione e delle persone con alta capacità intellettuale.

Quando si sono fermati all'ingresso del quartiere, aspettavano il tuo caro amico con lo stesso sorriso di sempre. Un buon segno per chi era alla ricerca di avventure. Scendendo dall'auto, vanno ad incontrare il nobile collega che li riceve con un abbraccio diventando triplo. Questo istante non sembra finire. Sono già ripetuti, iniziano a cambiare le prime impressioni.

"Come stai, Divino? Ha chiesto Belinha.

"Bene, come stai? Corrispondeva al sensitivo.

"Ottimo! (Belinha).

"Meglio che mai, ha completato Amelinha.

"Ho una grande idea. Che ne dici di salire sul monte Ororubá? Fu lì esattamente otto anni fa che iniziò la mia traiettoria in letteratura.

"Che bellezza! Sarà un onore! (Amelinha).

"Anche per me! Amo la natura. (Belinha).

"Quindi, andiamo ora. (Aldivan).

Firmando per seguire, la misteriosa amica delle due sorelle avanzò per le strade del centro. Scendendo a destra, entrando in un luogo privato e camminando per circa cento metri li mette sul fondo della sega. Fanno una sosta rapida, in modo che possano riposare e idratarsi. Com'è stato scalare la montagna dopo tutte queste avventure? La sensazione era pace, raccolta, dubbio ed esitazione. Era come se fosse la prima volta con tutte le sfide tassate dal destino. Improvvisamente, gli amici affrontano il grande scrittore con un sorriso.

"Come è iniziato tutto? Cosa significa questo per te? (Belinha).

"Nel 2009, la mia vita ruotava nella monotonia. Ciò che mi ha tenuto in vita è stata la volontà di esternare ciò che sentivo nel mondo. Fu allora che sentii parlare di questa montagna e dei poteri della sua meravigliosa grotta. Nessuna via d'uscita, ho deciso di rischiare per conto del mio sogno. Ho fatto le valigie, scalato la montagna, ho eseguito tre sfide che mi sono state accreditate sono entrate nella grotta della disperazione, la grotta più mortale e pericolosa del mondo. Al suo interno, ho superato le grandi sfide finendo per arrivare alla camera. Fu in quel momento di estasi che avvenne il miracolo, divenni il sensitivo, un essere onnisciente attraverso le sue visioni. Finora, ci sono state altre venti avventure e non mi fermerò così presto. Grazie ai lettori, gradualmente, sto raggiungendo il mio obiettivo di conquistare il mondo.

"Emozionante. Sono un tuo fan. (Amelinha).

"Toccante. So come ti devi sentire nell'eseguire di nuovo questo compito. (Belinha).

"Eccellente. Sento un misto di cose buone, tra cui successo, fede, artiglio e ottimismo. Questo mi dà una buona energia, disse il sensitivo.

"Bene. Che consiglio ci dai?

"Manteniamo la nostra concentrazione. Siete pronti a scoprire meglio per voi stessi? (il maestro).

"Sì. Hanno accettato entrambi.

"Allora seguimi.

Il trio ha ripreso l'impresa. Il sole scalda, il vento soffia un po' più forte, gli uccelli volano via e cantano, le pietre e le spine sembrano muoversi, il terreno trema e le voci di montagna iniziano ad agire. Questo è l'ambiente presente sulla salita della sega.

Con molta esperienza, l'uomo nella grotta aiuta le donne tutto il tempo. Agendo in questo modo, ha messo in pratica virtù importanti come la solidarietà e la cooperazione. In cambio, gli prestarono un calore umano e una dedizione ineguale.

Potremmo dire che era quel trio insormontabile, inarrestabile, competente.

A poco a poco, salgono passo dopo passo i passi della felicità. Nonostante i notevoli risultati, rimangono instancabili nella loro ricerca. In un sequel, rallentano un po' il ritmo della passeggiata, ma mantenendolo costante. Come dice il proverbio, lentamente va lontano. Questa certezza li accompagna continuamente creando uno spettro spirituale di pazienti, cautela, tolleranza e superamento. Con questi elementi, avevano fede per superare qualsiasi avversità.

Il punto successivo, la pietra sacra, conclude un terzo del corso. C'è una breve pausa, e si divertono a pregare, a ringraziare, a riflettere e a pianificare i prossimi passi. Nella giusta misura, stavano cercando di soddisfare le loro speranze, le loro paure, il loro dolore, la tortura e i loro dolori. Per avere fede, una pace indelebile riempie i loro cuori.

Con la ripartenza del viaggio, l'incertezza, i dubbi e la forza dell'inaspettato tornano ad agire. Anche se poteva spaventarli, portavano la sicurezza di essere alla presenza di Dio e il piccolo germoglio dell'entroterra. Niente o nessuno poteva danneggiarli semplicemente perché Dio non lo avrebbe permesso. Si sono resi conto di questa protezione in ogni momento difficile della vita in cui gli altri semplicemente li hanno abbandonati. Dio è effettivamente il nostro unico amico leale.

Inoltre, sono a metà strada. La salita rimane condotta con più dedizione e sintonia. Contrariamente a quanto di solito accade con gli scalatori ordinari, il ritmo aiuta la motivazione, la volontà e la consegna. Sebbene non fossero atleti, era notevole la loro performance per essere giovani sani e impegnati.

Dopo aver completato tre quarti del percorso, l'aspettativa arriva a livelli insopportabili. Quanto tempo avrebbero dovuto aspettare? In questo momento di pressione, la cosa migliore da fare era cercare di controllare lo slancio della curiosità. Tutta l'attenzione era ora dovuta all'azione delle forze opposte.

Con un po' più di tempo, finalmente finiscono il percorso. Il sole splende più luminoso, la luce di Dio li illumina e uscendo da un sentiero, il guardiano, e suo figlio Renato. Tutto è completamente rinato nel cuore di quei piccoli adorabili. Meritavano quella grazia per aver lavorato così duramente. Il prossimo passo del sensitivo è quello di imbattersi in un abbraccio stretto con i suoi benefattori. I suoi colleghi lo seguono e fanno l'abbraccio quintuplo.

" Bello vederti, figlio di Dio! Non ti vedo da molto tempo! Il mio istinto materno mi avvertì del tuo approccio, disse la signora ancestrale.

"Sono contento! È come se ricordassi la mia prima avventura. C'erano così tante emozioni. La montagna, le sfide, la grotta e il viaggio nel tempo hanno segnato la mia storia. Tornare qui mi porta buone reminiscenze. Ora, porto con me due guerrieri amichevoli. Avevano bisogno di questo incontro con il sacro.

"Come vi chiamate, signore? Ha chiesto il guardiano di Mountain.

"Mi chiamo Belinha e sono un revisore dei conti.

"Mi chiamo Amelinha e sono un'insegnante. Viviamo ad Arcoverde.

"Benvenute, signore. (Guardiano della Montagna.).

"Siamo grati! Detto in concomitanza i due visitatori con le lacrime che scorrevano attraverso i loro occhi.

"Amo anche le nuove amicizie. Essere di nuovo accanto al mio maestro mi dà un piacere speciale da parte di quelli indicibili. Le uniche persone che sanno come capirlo siamo noi due. Non è giusto, partner? (Renato).

"Non cambi mai, Renato! Le tue parole non hanno prezzo. Con tutta la mia follia, trovarlo è stata una delle cose buone del mio destino.

Il mio amico e mio fratello risposero al sensitivo senza calcolare le parole. Uscirono naturalmente per il vero sentimento che nutriva per lui.

"Siamo corrispondenti nella stessa misura. Ecco perché la nostra storia è un successo, ha detto il giovane.

"Che bello essere in questa storia. Non avevo idea di quanto fosse speciale la montagna nella sua traiettoria, caro scrittore, ha detto Amelinha.

"È davvero ammirevole, sorella. Inoltre, i tuoi amici sono veramente gentili. Stiamo vivendo la vera finzione e questa è la cosa più meravigliosa che ci sia. (Belinha).

"Apprezziamo il complimento. Tuttavia, devi essere stanco dello sforzo impiegato nell'arrampicata. Che ne dici di tornare a casa? Abbiamo sempre qualcosa da offrire. (Signora).

"Abbiamo colto l'occasione per recuperare le nostre conversazioni. Renato mi manca così tanto.

"Penso che sia fantastico. Per quanto riguarda le signore, cosa dici?

"Mi piacerà. (Belinha).

"Lo faremo!

"Allora andiamo! Ha completato il master.

Il quintetto inizia a camminare nell'ordine dato da quella figura fantastica. Immediatamente, un colpo freddo attraverso gli scheletri affaticati della classe. Chi era quella donna e quali poteri aveva? Nonostante tanti momenti insieme, il mistero è rimasto chiuso come una porta a sette chiavi. Non lo avrebbero mai saputo perché faceva parte del segreto della montagna. Allo stesso tempo, i loro cuori rimasero nella nebbia. Erano esausti dal donare amore e non ricevere, perdonare e deludere di nuovo. Ad ogni modo, o si sono abituati alla realtà della vita o avrebbero sofferto molto. Avevano bisogno di qualche consiglio, quindi.

Passo dopo passo, supereranno gli ostacoli. Immediatamente, sentono un urlo inquietante. Con uno sguardo, il capo li calma. Questo era il senso della gerarchia, mentre i più forti e i più esperti proteggevano, i servi tornavano con dedizione, adorazione e amicizia. Era una strada a doppio senso.

Purtroppo, gestiranno la passeggiata con grande e dolcezza. Quale idea era passata per la testa di Belinha? Erano in mezzo alla boscaglia sballata da animali cattivi che potevano ferirli. Oltre a questo, c'erano spine e pietre appuntite sui loro piedi. Come ogni situazione ha il suo punto di vista, essere lì era l'unica possibilità di capire te stesso e i tuoi desideri, qualcosa di deficitario nella vita dei visitatori. Presto, ne è valsa la pena l'avventura.

La prossima metà di lì, faranno una sosta. Proprio lì vicino, c'era un frutteto. Sono diretti verso il cielo. In allusione al racconto biblico, si sentivano completamente liberi e integrati nella natura. Come i bambini, giocano ad arrampicarsi sugli alberi, prendono i frutti, scendono e li mangiano. Poi meditano. Hanno imparato non appena la vita è fatta di momenti. Che siano tristi o felici, è bene goderseli mentre siamo vivi.

Nell'istante successivo, fanno un bagno rinfrescante nel lago annesso. Questo fatto provoca bei ricordi di una volta, delle esperienze più straordinarie della loro vita. Com'è stato bello essere un bambino! Quanto è stato difficile crescere e affrontare la vita adulta. Vivi con il falso, la menzogna e la falsa moralità delle persone.

Andando avanti, si stanno avvicinando al destino. In fondo alla destra sul sentiero, puoi già vedere il semplice tugurio. Quello era il santuario delle persone più meravigliose e misteriose della montagna. Erano meravigliosi, ciò che dimostra che il valore di una persona non è in ciò che possiede. La nobiltà dell'anima è nel carattere, nella carità e negli atteggiamenti di consulenza. Quindi, dice il proverbio: un amico in piazza è meglio del denaro depositato in una banca.

Pochi passi avanti, si fermano davanti all'ingresso della cabina. Otterranno risposte alle tue domande interiori? Solo il tempo poteva rispondere a questa e ad altre domande. La cosa importante di questo era che erano lì per qualsiasi cosa andasse e venisse.

Assumendo il ruolo della padrona di casa, il tutore apre la porta, dando a tutti gli altri l'accesso all'interno della casa. Entrano nel cubicolo vuoto, osservando tutto ampiamente. Sono impressionati dalla delicatezza del luogo rappresentata dall'ornamento, dagli oggetti, dai mobili e dal clima di mistero. Contraddittorio, c'erano più ricchezze e diversità culturale che in molti palazzi. Quindi, possiamo sentirci felici e completi anche in ambienti umili.

Uno per uno, ti sistemerai nei luoghi disponibili, tranne che Renato andrà in cucina per preparare il pranzo. Il clima iniziale di timidezza è rotto.

"Mi piacerebbe conoscervi meglio, ragazze.

"Siamo due ragazze di Arcoverde City. Siamo felici professionalmente, ma perdenti innamorati. Da quando sono stata tradita dalla mia vecchia compagna, sono stata frustrata, ha confessato Belinha.

"È stato allora che abbiamo deciso di tornare agli uomini. Abbiamo fatto un patto per attirarli e usarli come oggetto. Non soffriremo mai più, ha detto Amelinha.

"Do loro tutto il mio sostegno. Li ho incontrati tra la folla e ora è arrivata la loro opportunità di visitare qui. (Figlio di Dio)

"Interessante. Questa è una reazione naturale alla sofferenza delle delusioni. Tuttavia, non è il modo migliore da seguire. Giudicare un'intera specie dall'atteggiamento di una persona è un chiaro errore. Ognuno ha la sua individualità. Questo vostro volto sacro e spudorato può generare più conflitti e piacere. Sta a te trovare il punto giusto di questa storia. Quello che posso fare è sostenere come ha fatto il tuo amico e diventare un accessorio di questa storia analizzata lo spirito sacro della montagna.

"Lo permetterò. Voglio ritrovarmi in questo santuario. (Amelinha).

"Accetto anche la tua amicizia. Chi sapeva che saresti stato in una fantastica soap opera? Il mito della grotta e della montagna sembra così ora. Posso esprimere un desiderio? (Belinha).

"Certo, cara.

"Le entità montane possono sentire le richieste degli umili sognatori come è successo a me. Abbiate fede! (il figlio di Dio).

"Sono così incredulo. Ma se lo dici tu, ci proverò. Chiedo una conclusione positiva per tutti noi. Lasciate che ognuno di voi si avveri nei principali campi della vita.

"Lo concedo! Tuona una voce profonda nel mezzo della stanza.

Entrambe le puttane hanno fatto un salto a terra. Nel frattempo, gli altri ridevano e piangevano per la reazione di entrambi. Quel fatto era stato più di un'azione del destino. Che sorpresa. Non c'era nessuno che avrebbe potuto prevedere cosa stava succedendo in cima alla montagna. Poiché un famoso indiano era morto sulla scena, la sensazione della realtà aveva lasciato spazio al soprannaturale, al mistero e all'insolito.

"Che diavolo era quel tuono? Sto tremando finora, ha confessato Amelinha.

"Ho sentito quello che diceva la voce. Ha confermato il mio desiderio. Sto sognando? Ha chiesto Belinha.

"I miracoli accadono! Col tempo, saprai esattamente cosa significa dire questo, disse il maestro.

"Io credo nella montagna, e anche voi dovete crederci. Attraverso il suo miracolo, rimango qui convinto e al sicuro delle mie decisioni. Se falliamo una volta, possiamo ricominciare da capo. C'è sempre speranza per coloro che sono vivi, ha assicurato lo sciamano del sensitivo che mostra un segnale sul tetto.

"Una luce. Cosa significa? (Belinha).

"È così bello e luminoso. (Amelinha).

"È la luce della nostra eterna amicizia. Anche se scompare fisicamente, rimarrà intatta nei nostri cuori. (Guardiano

"Siamo tutti leggeri, anche se in modi distinti. Il nostro destino è la felicità. (Il sensitivo).

È qui che Entra in gioco Renato e fa una proposta.

"È ora che usciamo e troviamo degli amici. È arrivato il momento del divertimento.

"Non vedo l'ora. (Belinha)

"Cosa stiamo aspettando? È ora. (URLA)

Il quartetto esce nel bosco. Il ritmo dei passi è veloce ciò che rivela un'angoscia interiore dei personaggi. L'ambiente rurale di Mimoso ha contribuito a uno spettacolo della natura. Quali sfide dovresti affrontare? Gli animali feroci sarebbero pericolosi? I miti della montagna potevano attaccare in qualsiasi momento, il che era piuttosto pericoloso. Ma il coraggio era una qualità che tutti portavano lì. Niente fermerà la loro felicità.

È giunto il momento. Nella squadra patrimoniale, c'era un uomo di colore, Renato, e una persona dai capelli biondi. Nella squadra passiva c'erano Divine, Belinha e Amelinha. con la squadra formata, il divertimento inizia tra il verde grigio dei boschi di campagna.

Il ragazzo nero esce con Divine. Renato datazione Amelinha e l'uomo biondo esce con Belinha. Il sesso di gruppo inizia con lo scambio di energia tra i sei. Erano tutti per tutti per uno. La sete di sesso e piacere era comune a tutti. Cambiando posizione, ognuno sperimenta sensazioni uniche. Provano il sesso anale, il sesso vaginale, il sesso orale, il sesso di gruppo tra le altre modalità sessuali. Questo dimostra che l'amore non è un peccato. È un commercio di energia fondamentale per l'evoluzione umana. Senza sensi di colpa, si scambiano rapidamente il partner, che fornisce orgasmi multipli. È un misto di estasi che coinvolge il gruppo. Passano ore a fare sesso fino a quando non sono stanchi.

Dopo che tutto è stato completato, tornano alle loro posizioni iniziali. C'era ancora molto da scoprire sulla montagna.

Lunedì mattina più bello che mai. La mattina presto, i nostri amici hanno il piacere di sentire il calore del sole e la brezza che vaga nei loro volti. Questi contrasti causavano nell'aspetto fisico dello stesso una buona sensazione di libertà, appagamento, soddisfazione e gioia. Erano pronti, per, ad affrontare un nuovo giorno.

A pensarci bene, concentrano le loro forze culminando nel loro sollevamento. Il passo successivo è quello di andare nelle suite e farlo con estremo vagabondaggio come se fossero dello stato di Bahia. Non per ferire i nostri cari vicini, ovviamente. La terra di tutti i santi è un luogo spettacolare pieno di cultura, storia e tradizioni secolari. Viva Bahia!

In bagno, si tolgono i vestiti per la strana sensazione di non essere soli. Chi ha mai sentito parlare della leggenda del bagno biondo? Dopo una maratona di film horror, era normale mettersi nei guai con esso. Nell'istante successivo, annuiscono con la testa cercando di essere più silenziosi. Improvvisamente, viene in mente a ciascuno di loro la loro traiettoria politica, il loro lato cittadino, il loro lato professionale, religioso e il loro aspetto sessuale. Si sentono bene nell'essere dispositivi imperfetti. Erano sicuri che qualità e difetti si aggiungessero alla loro personalità.

Si chiudono in bagno. Aprendo la doccia, lasciano scorrere l'acqua calda attraverso i corpi sudati a causa del calore della sera prima. Il liquido funge da catalizzatore assorbendo tutte le cose tristi. Questo è esattamente ciò di cui avevano bisogno ora: dimenticare il dolore, il trauma, le delusioni, l'irrequietezza cercando di trovare nuove aspettative. l'anno in corso era stato cruciale in esso. Una svolta fantastica in ogni aspetto della vita.

Il processo di pulizia viene avviato con l'uso di tergicristallo per il corpo, sapone, shampoo oltre l'acqua. Attualmente, sentono uno dei migliori piaceri che li costringe a ricordare il passo sulla barriera corallina e le avventure sulla spiaggia. Intuitivamente, il loro spirito selvaggio chiede più avventure in ciò che rimangono da analizzare il prima possibile. La situazione favorita dal tempo libero compiuto al lavoro di entrambi come premio di dedizione al servizio pubblico.

Per circa 20 minuti, hanno messo un po' da parte i loro obiettivi per vivere un momento di riflessione nella loro rispettiva intimità. Alla fine di questa attività, escono dal bagno, puliscono il corpo bagnato con l'asciugamano, indossano vestiti e scarpe puliti, indossano profumi svizzeri, trucco importato dalla Germania con occhiali da sole e diademi veramente belli. Completamente pronti, si spostano verso la coppa con le loro borse sulla striscia e si salutano felici della riunione in ringraziamento al buon Dio.

In collaborazione preparano una colazione a base di invidia, salsa di pollo, verdure, frutta, crema di caffè e cracker.

In parti uguali, il cibo è diviso. Alternano momenti di silenzio a brevi scambi di parole perché educati. Colazione finita, non c'è più scampo di quanto intendessero.

"Cosa suggerisci, Belinha? Mi annoio!

"Ho un'idea intelligente. Ricordi quel ragazzo che abbiamo trovato tra la folla?

"Mi ricordo. Era uno scrittore e il suo nome era Divino.

"Ho il suo numero di telefono. Che ne dici di metterti in contatto? Vorrei sapere dove vive.

"Anch'io. Ottima idea. Fallo. Mi piacerebbe molto.

"Va bene!

Belinha aprì la borsa, prese il telefono e iniziò a comporre. In pochi istanti, qualcuno risponde alla linea e inizia la conversazione.

"Ciao.

"Ciao, Divino, come stai?

"Va bene, Belinha. Come va?

"Stiamo andando bene. Guarda, quell'invito è ancora attivo? Io e mia sorella vorremmo avere uno spettacolo speciale stasera.

"Certo, lo faccio. Non ve ne pentirete. Qui abbiamo seghe, natura abbondante, aria fresca oltre la grande compagnia. Sono disponibile anche oggi.

"Che meraviglia! Allora aspettaci all'ingresso del villaggio. Nel maggior numero di 30 minuti ci siamo.

"Va bene! Quindi, fino ad allora!

"Ci vediamo più tardi!

La chiamata termina. Con un sorriso timbrato, Belinha torna a comunicare con sua sorella.

"Ha detto di sì. Andiamo?

"Dai! Cosa aspettiamo?

Entrambi sfilano dalla coppa all'uscita della casa chiudendo la porta dietro di loro con una chiave. Quindi vai al garage. Pilotare l'auto ufficiale di famiglia, lasciandosi alle spalle i problemi in attesa di nuove sorprese ed emozioni sulla terra più importante del mondo. Attraverso la città, con un forte suono acceso, hanno mantenuto la loro piccola speranza per sé stessi. Ne è valsa la pena in quel momento fino a quando non ho pensato alla possibilità di essere felice per sempre.

Con un breve lasso di tempo, prendono il lato destro dell'autostrada BR 232. Quindi, inizia il corso del corso verso la realizzazione e la felicità. Con velocità moderata, possono godersi il paesaggio montano sulle rive della pista. Sebbene fosse un ambiente conosciuto, ogni passaggio era più di una novità. Era un sé ritrovato.

Passando attraverso luoghi, fattorie, villaggi, nuvole blu, ceneri e rose, aria secca e temperatura calda vanno. Nel tempo programmato, stanno arrivando al più bucolico degli ingressi dell'interno dello stato di Pernambuco. Mimoso dei colonnelli, del sensitivo, dell'Immacolata Concezione e delle persone con alta capacità intellettuale.

Quando ti sei fermato all'ingresso del quartiere, stavi aspettando il tuo caro amico con lo stesso sorriso di sempre. Un buon segno per chi era alla ricerca di avventure. Scendete dall'auto, andate ad incontrare il nobile collega che li riceve con un abbraccio diventando triplo. Questo istante non sembra finire. Sono già ripetuti, iniziano a cambiare le prime impressioni.

"Come stai, Divino? (Belinha)

"Beh, e tu? (Il sensitivo)

"Ottimo! (Belinha)

"Meglio che mai" (Amelinha)

"Ho una grande idea, che ne dici di salire sul monte Ororubá? Fu lì esattamente otto anni fa che iniziò la mia traiettoria in letteratura.

"Che bellezza! Sarà un onore! (Amelinha)

"anche per me! Amo la natura! (Belinha)

"Allora, andiamo ora! (Aldivan)

Firmando per seguirlo, la misteriosa amica delle due sorelle avanza per le strade del centro. Scendendo a destra, entrando in un luogo privato e camminando per circa cento metri li mette sul fondo della sega. Fanno una breve sosta per riposare e idratarsi. Com'è stato scalare la montagna dopo tutte queste avventure? La sensazione era pace, raccolta, dubbio ed esitazione. Era come se fosse la prima volta con tutte le sfide tassate dal destino. Improvvisamente, gli amici affrontano il grande scrittore con un sorriso.

"Come è iniziato tutto? Cosa significa questo per te? (Belinha)

"Nel 2009, la mia vita ruotava nella monotonia. Ciò che mi ha tenuto in vita è stata la volontà di esternare ciò che sento nel mondo. Fu allora che sentii parlare di questa montagna e dei poteri della sua meravigliosa grotta. Nessuna via d'uscita, ho deciso di rischiare per conto del mio sogno. Ho fatto le valigie, sono salito sulla montagna, ho eseguito tre sfide che mi sono state accreditate per essere entrato nella grotta della disperazione, la grotta più mortale e pericolosa del mondo. Al suo interno, ho superato le grandi sfide finendo per arrivare alla camera. Fu in quel momento di estasi che avvenne il miracolo, divenni il sensitivo, un essere onnisciente attraverso le sue visioni. Finora ci sono state altre venti avventure e non ho intenzione di fermarmi così presto. Con l'aiuto dei lettori, a poco, sto ottenendo il mio obiettivo di conquistare il mondo. (il figlio di Dio)

"Emozionante! Sono un tuo fan. (Amelinha)

" So come devi sentirti nell'eseguire di nuovo questo compito. (Belinha)

"Molto buono! Sento un misto di cose buone, tra cui successo, fede, artiglio e ottimismo. Questo mi dà una buona energia. (Il sensitivo)

"Bene! Che consiglio ci dai? (Belinha)

"Manteniamo la nostra concentrazione. Siete pronti a scoprire meglio per voi stessi? (il master)

"Sì! Hanno accettato entrambi.

"Allora seguimi!

Il trio ha ripreso l'impresa. Il sole scalda, il vento soffia un po' più forte, gli uccelli volano via e cantano, le pietre e le spine sembrano muoversi, il terreno trema e le voci di montagna iniziano ad agire. Questo è l'ambiente presente sulla salita della sega.

Con molta esperienza, l'uomo nella grotta aiuta le donne tutto il tempo. Agendo in questo modo, ha messo in pratica virtù importanti come la solidarietà e la cooperazione. In cambio, gli prestarono un calore umano e una dedizione irreparabile. Potremmo dire che era quel trio insormontabile, inarrestabile, competente.

A poco a poco, salgono passo dopo passo i passi della felicità. Con dedizione e perseveranza, completando un quarto del percorso. Nonostante i notevoli risultati, rimangono instancabili nella loro ricerca. Erano perché congratulazioni.

In un sequel, rallenta un po' il ritmo della passeggiata, ma mantenendolo costante. Come dice il proverbio, lentamente va lontano. Questa certezza li accompagna continuamente creando uno spettro spirituale di pazienza, cautela, tolleranza e superamento. Con questi elementi, avevano fede per superare qualsiasi avversità.

Punto successivo, la pietra sacra conclude un terzo del corso. C'è una breve pausa, e si divertono a pregare, a ringraziare, a riflettere e a pianificare i prossimi passi. Nella giusta misura, stavano cercando di soddisfare le loro speranze, le loro paure, il loro dolore, la tortura e i loro dolori. Per avere fede, una pace indelebile riempie i loro cuori.

Con la ripartenza del viaggio, l'incertezza, i dubbi e la forza dell'inaspettato tornano ad agire. Anche se poteva spaventarli, portavano la sicurezza di essere in presenza di Dio piccolo germoglio dell'interno. Niente o nessuno poteva danneggiarli semplicemente perché Dio non lo avrebbe permesso. Si sono resi conto di questa protezione in ogni momento difficile della vita in cui gli altri semplicemente li hanno abbandonati. Dio è effettivamente il nostro unico vero e leale amico.

Inoltre, sono a metà strada. La salita rimane condotta con più dedizione e sintonia. Contrariamente a quanto accade di solito con gli scalatori ordinari, il ritmo aiuta la motivazione, la volontà e la consegna. Sebbene non fossero atleti, è stata notevole la loro performance per essere giovani sani e impegnati.

Dal corso del terzo trimestre, l'aspettativa arriva a livelli insopportabili. Quanto tempo avrebbero dovuto aspettare? In questo momento di pressione, la cosa migliore da fare era cercare di controllare lo slancio della curiosità. Tutta l'attenzione era ora dovuta all'azione delle forze opposte.

Con un po' più di tempo, finalmente finiscono il corso. Il sole splende più luminoso, la luce di Dio li illumina e uscendo da un sentiero, il guardiano, e suo figlio Renato. Tutto è completamente rinato nel cuore di quei piccoli adorabili. Si sono guadagnati questa grazia attraverso la legge sulle piante coltivate. Il prossimo passo del sensitivo è quello di imbattersi in un abbraccio stretto con i suoi benefattori. I suoi colleghi lo seguono e fanno l'abbraccio quintuplo.

"Bello vederti, figlio di Dio! Da molto tempo non si vede! Il mio istinto materno mi ha avvertito del tuo approccio, la signora ancestrale.

Sono contento! È come se ricordassi la mia prima avventura. C'erano così tante emozioni. La montagna, le sfide, la grotta e il viaggio nel tempo hanno segnato la mia storia. Tornare qui mi porta buone reminiscenze. Ora, porto con me due guerrieri amichevoli. Avevano bisogno di questo incontro con il sacro.

"Come vi chiamate, signore? (il Custode)

"Mi chiamo Belinha e sono un revisore dei conti.

"Mi chiamo Amelinha e sono un'insegnante. Viviamo ad Arcoverde.

"Benvenute, signore. (Il Custode)

"Siamo grati! disse in concomitanza i due visitatori con le lacrime agli occhi.

"Amo anche le nuove amicizie. Essere di nuovo accanto al mio maestro mi dà un piacere speciale da parte di quelli indicibili. Solo le persone che sanno come capirlo siamo noi due. Non è giusto, partner? (Renato)

"Non cambi mai, Renato! Le tue parole non hanno prezzo. Con tutta la mia follia, trovarlo è stata una delle cose buone del mio destino. Il mio amico e mio fratello. (Il sensitivo).

Uscirono naturalmente per il vero sentimento che nutriva per lui.

"Siamo abbinati nella stessa misura. Ecco perché la nostra storia è un successo ", ha detto il giovane.

"È bello far parte di questa storia. Non sapevo nemmeno quanto fosse speciale la montagna nella sua traiettoria, caro scrittore ", ha detto Amelinha.

"È davvero ammirevole, sorella. Inoltre, i tuoi amici sono molto amichevoli. Stiamo vivendo la vera finzione e questa è la cosa più meravigliosa che esista. (Belinha)

"Vi ringraziamo per il complimento. Tuttavia, devono essere stanchi dello sforzo impiegato nell'arrampicata. Che ne dici di tornare a casa? Abbiamo sempre qualcosa da offrire. (Signora)

"Abbiamo colto l'occasione per recuperare il ritardo sulle conversazioni. Mi manchi molto" ha confessato Renato.

"Per me va bene. È fantastico per quanto riguarda le signore, cosa mi dicono?

"Lo adorerò!" Belinha affermò.

"Sì, andiamo", concordò Amelinha.

"Allora, andiamo!" Il maestro ha concluso.

Il quintetto inizia a camminare in ordine dato da quella figura fantastica. In questo momento, un colpo freddo attraverso gli scheletri affaticati della classe. Chi era quella donna, chi era lei, che aveva poteri? Nonostante tanti momenti insieme, il mistero è rimasto chiuso come una porta a sette chiavi. Non lo avrebbero mai saputo perché faceva parte del segreto della montagna. Allo stesso tempo, i loro cuori rimasero nella nebbia. Erano esausti dal donare amore e non ricevere, perdonare e deludere di nuovo. Ad ogni modo, o si sono abituati alla realtà della vita o avrebbero sofferto molto. Avevano bisogno di qualche consiglio, quindi.

Passo dopo passo, supererai gli ostacoli. In un attimo, sentono un urlo inquietante. Con uno sguardo, il capo li calma. Questo era il senso della gerarchia, mentre i più forti e più esperti proteggevano, i servi tornavano con dedizione, adorazione e amicizia. Era una strada a doppio senso.

Purtroppo, gestiranno la passeggiata con grande e dolcezza. Qual era l'idea che era passata per la testa di Belinha? Erano in mezzo alla boscaglia sballata da animali cattivi che potevano ferirli. Oltre a questo, c'erano spine e pietre appuntite sui loro piedi. Poiché ogni situazione ha il suo punto di vista, essere lì era l'unica possibilità che tu potessi capire te stesso e i tuoi desideri, qualcosa di deficitario nella vita dei visitatori. Presto, ne è valsa la pena l'avventura.

La prossima metà di lì, faranno una sosta. Proprio lì vicino, c'era un frutteto. Sono diretti verso il cielo. In allusione al racconto biblico, si sentivano complementari liberi e integrati nella natura. Come i bambini, giocano ad arrampicarsi sugli alberi, prendono i frutti, scendono e li mangiano. Poi meditano. Hanno imparato non appena la vita è fatta di momenti. Che siano tristi o felici, è bene goderseli mentre siamo vivi.

Nell'istante successivo, fanno un bagno rinfrescante nel lago annesso. Questo fatto provoca bei ricordi di una volta, delle esperienze più straordinarie della loro vita. Com'è stato bello essere un bambino! Quanto è stato difficile crescere e affrontare la vita adulta. Vivi con il falso, la menzogna e la falsa moralità delle persone.

Andando avanti, si stanno avvicinando al destino. In fondo alla destra sul sentiero, puoi già vedere il semplice tugurio. Quello era il santuario delle persone più meravigliose e misteriose della montagna. Erano incredibili ciò che dimostra che il valore di una persona non è in ciò che possiede. La nobiltà dell'anima è nel carattere, negli atteggiamenti degli enti di beneficenza e della consulenza. Ecco perché dicono il seguente detto, meglio un amico in piazza vale che il denaro depositato in una banca.

Pochi passi avanti, si fermano davanti all'ingresso della cabina. Hanno ottenuto risposte alle loro domande interiori? Solo il tempo poteva rispondere a questa e ad altre domande. La cosa importante di questo era che erano lì per qualsiasi cosa andasse e venisse.

Assumendo il ruolo della padrona di casa, il guardiano apre la porta dando a tutti gli altri l'accesso all'interno della casa. Entrano nell'unico vano cubicolo guardando tutto nel grande dispositivo. Sono impressionati dalla delicatezza del luogo rappresentata dall'ornamento, dagli oggetti, dai mobili e dal clima di mistero. Contraddittoriamente, in quel luogo c'erano più ricchezze e diversità culturale che in molti palazzi. Quindi, possiamo sentirci felici e completi anche in ambienti umili.

Uno per uno, ti sistemerai nei luoghi disponibili, ad eccezione della cucina di Renato, preparerai il pranzo. Il clima iniziale di timidezza è rotto.

"Mi piacerebbe conoscerti meglio, ragazze. (Il guardiano)

"Siamo due ragazze di Arcoverde City. Entrambi si stabilirono nella professione, ma perdenti in amore. Da quando sono stata tradita dalla mia vecchia compagna, sono stata frustrata, ha confessato Belinha.

"È stato allora che abbiamo deciso di tornare agli uomini. Abbiamo fatto un patto per attirarli e usarli come oggetto. Non soffriremo mai più. (Amelinha)

"Li sosterrò tutti. Li ho incontrati tra la folla e ora sono venuti a trovarci qui, e ha forzato il germoglio dell'interno.

"Interessante. Questa è una reazione naturale alle delusioni sofferenti. Tuttavia, non è il modo migliore da seguire. Giudicare un'intera specie dall'atteggiamento di una persona è un chiaro errore. Ognuno ha la sua individualità. Questo vostro volto sacro e spudorato può generare più conflitti e piacere. Sta a te trovare il punto giusto di questa storia. Quello che posso fare è sostenere come ha fatto il tuo amico e diventare un accessorio di questa storia analizzata lo spirito sacro della montagna.

"Lo permetterò. Voglio ritrovarmi in questo santuario. (Amelinha)

"Accetto anche la tua amicizia. Chi sapeva che saresti stato in una fantastica soap opera? Il mito della grotta e della montagna sembra così ora. Posso esprimere un desiderio? (Belinha)

"Certo, cara.

"Le entità montane possono sentire le richieste degli umili sognatori come è successo a me. Abbiate fede! ha motivato il figlio di Dio.

"Sono così incredulo. Ma se lo dici tu, ci proverò. Chiedo una conclusione positiva per tutti noi. Lasciate che ognuno di voi si avveri nei principali campi della vita. (Belinha)

"Lo concedo!" Tuona una voce profonda al centro della stanza".

Entrambe le puttane hanno fatto un salto a terra. Nel frattempo, gli altri ridevano e piangevano per la reazione di entrambi. Quel fatto era stato più di un'azione del destino. Che sorpresa! Non c'era nessuno che avrebbe potuto prevedere cosa stava succedendo in cima alla montagna. Poiché un famoso indiano era morto sulla scena, la sensazione della realtà aveva lasciato spazio al soprannaturale, al mistero e all'insolito.

"Che diavolo era quel tuono? Sto tremando finora. (Amelinha)

"Ho sentito quello che diceva la voce. Ha confermato il mio desiderio. Sto sognando? (Belinha)

"I miracoli accadono! Col tempo, saprai esattamente cosa significa dire questo. "Ha rivelato il maestro".

"Io credo nella montagna, e anche voi dovete credere. Attraverso il suo miracolo, rimango qui convinto e al sicuro delle mie decisioni. Se falliamo una volta, possiamo ricominciare da capo. C'è sempre speranza per chi è vivo. "Assicurato lo sciamano del sensitivo che mostra un segnale sul tetto".

"Una luce. Cosa significa? in lacrime, Belinha.

"È così bella, brillante e parlata. (Amelinha)

"È la luce della nostra eterna amicizia. Anche se scompare fisicamente, rimarrà intatta nei nostri cuori. (Custode)

"Siamo tutti leggeri anche se in modi distinti. Il nostro destino è la felicità, conferma il sensitivo.

È qui che Entra in gioco Renato e fa una proposta.

"È ora che usciamo e troviamo degli amici. È arrivato il momento del divertimento.

"Non vedo l'ora. (Belinha)

"Cosa stiamo aspettando? È ora. (Amelinha)

Il quartetto esce nel bosco. Il ritmo dei passi è veloce ciò che rivela un'angoscia interiore dei personaggi. L'ambiente rurale di Mimoso ha contribuito a uno spettacolo della natura. Quali sfide dovresti affrontare? Gli animali feroci sarebbero pericolosi? I miti della montagna potevano attaccare in qualsiasi momento, il che era piuttosto pericoloso. Ma il coraggio era una qualità che tutti portavano lì. Niente avrebbe fermato la loro felicità.

È giunto il momento. Nella squadra patrimoniale, c'era un uomo di colore, Renato, e una persona dai capelli biondi. Nella squadra passiva c'erano Divine, Belinha e Amelia. La squadra formata; il divertimento inizia tra il grigio verde dei boschi di campagna.

Il ragazzo nero esce con Divine. Renato esce con Amelia e la bionda esce con Belinha. Il sesso di gruppo inizia con lo scambio di energia tra i sei. Erano tutti per tutti per uno. La sete di sesso e piacere era comune a tutti. Variando le posizioni, ognuno sperimenta sensazioni uniche. Provano il sesso anale, il sesso vaginale, il sesso orale, il sesso di gruppo tra le altre modalità sessuali. Questo dimostra che l'amore non è un peccato. È un commercio di energia fondamentale per l'evoluzione umana. Senza sensi di colpa, si scambiano rapidamente il partner, che fornisce orgasmi multipli. È un misto di estasi che coinvolge il gruppo. Passano ore a fare sesso fino a quando non sono stanchi.

Dopo che tutto è stato completato, tornano alle loro posizioni iniziali. C'era ancora molto da scoprire sulla montagna.

La fine

www.ingramcontent.com/pod-product-compliance
Lightning Source LLC
LaVergne TN
LVHW012128070526
838202LV00056B/5908